Au moment de l'**heure des histoires**, tandis que l'un regarde les images et l'autre lit le texte, une relation s'enrichit, une personnalité se construit, naturellement, durablement.

Pourquoi ? Parce que la lecture partagée est une expérience irremplaçable, un vrai point de rencontre. Parce qu'elle développe chez nos enfants la capacité à être attentif, à écouter, à regarder, à s'exprimer. Elle élargit leur horizon et accroît leur chance de devenir de bons lecteurs.

Quand ? Tous les jours, le soir, avant de s'endormir, mais aussi à l'heure de la sieste, pendant les voyages, trajets, attentes... La lecture partagée permet de retrouver calme et bonne humeur.

Où ? Là où l'on se sent bien, confortablement installé, écrans éteints... Dans un espace affectif de confiance et en s'assurant, bien sûr, que l'enfant voit parfaitement les illustrations.

Comment ? Avec enthousiasme, sans réticence à lire « encore une fois » un livre favori, en suscitant l'attention de l'enfant par le respect du rythme, des temps forts, de l'intonation.

Pour Tom

Traduction d'Anne de Bouchony

ISBN : 978-2-07-063333-3
Titre original : *Zagazoo*
Publié par Jonathan Cape Children's Books, Random House, Londres.

Numéro d'édition : 175004
Loi n° 49-956 du 16 juillet 1949 sur les publications destinées à la jeunesse
Dépôt légal : septembre 2010
Imprimé en France par I.M.E.
Maquette : Barbara Kekus

Quentin Blake

Zagazou

GALLIMARD JEUNESSE

Il était une fois un couple heureux.
Ils s'appelaient Georges et Bella.

Ils construisaient des maquettes d'avion…

ils époussetaient…

… et mangeaient des glaces vanille-fraise.

Un jour, le facteur leur livra un colis de forme bizarre.

Ils le déballèrent ensemble.

Il contenait une petite créature
toute rose, vraiment très mignonne.
On y avait joint une étiquette qui disait :

SON NOM EST ZAGAZOU.

Zagazou était absolument adorable.
Georges et Bella passaient des jours heureux
à se le lancer de l'un à l'autre.

Zagazou n'était peut-être pas tout à fait parfait.

Mais son charmant sourire réparait tout…

… et Georges et Bella continuaient
à se le lancer gaiement de l’un à l’autre,
de plus en plus haut.
C’était une vie merveilleuse.

ET PUIS UN JOUR…

En se levant le matin, Georges et Bella
découvrirent que Zagazou s'était transformé
en bébé vautour, un énorme bébé vautour.

Ses cris étaient terrifiants.

Ils étaient encore pires la nuit.

– Qu'allons-nous faire ? dit Georges.
Comment allons-nous supporter cela ?

MAIS ALORS…

Ils se levèrent un matin
et découvrirent que Zagazou
s'était transformé en petit éléphant.

Il se cognait contre les meubles.

Il tirait la nappe de la table.

Il mettait à sa bouche tout ce qui était
à la portée de sa trompe.
– C'est épouvantable, dit Bella.
Comment allons-nous faire ?

MAIS ALORS…

Un matin, ils se levèrent et découvrirent que Zagazou s'était transformé en phacochère.

Il se roulait dans tout ce qui ressemblait à de la boue et le rapportait à la maison en courant dans tous les sens.
– C'est insupportable, dit Georges.
Jusqu'à quand cela va-t-il durer ?

MAIS ALORS…

Ils se levèrent un matin et découvrirent
que Zagazou s'était transformé
en petit dragon coléreux.

Il brûla le tapis.

Il mit le feu au cardigan d'une vieille dame
qui était venue vendre des tickets
de tombola.

– C'est atroce, dit Bella.
Il va réduire la maison
en cendres en un rien
de temps.

MAIS ALORS…

Ils se levèrent un matin
et découvrirent que Zagazou
s'était transformé en chauve-
souris qui pendait aux rideaux
en hurlant.

Puis, le lendemain, il était redevenu
phacochère.

Et puis, certains jours, il redevenait éléphant…

et, d'autres jours, dragon coléreux.

– Il va nous rendre fous, dit Bella.
Si au moins il pouvait se fixer un peu…

MAIS ALORS…

Un matin, ils se levèrent et Zagazou
s'était transformé en étrange créature hirsute.

– Oh ! là, là ! dit Bella. Je préférais l'éléphant.
– Ou même le phacochère, dit Georges.

Chaque jour la créature devenait
plus grande... et plus hirsute...
et plus étrange.

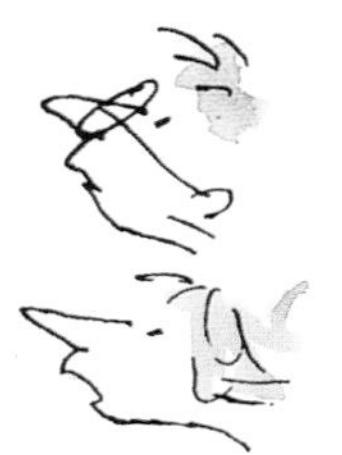

– Imagine que cela ne s'arrête jamais, dit Bella.

– Ne dis pas cela ! dit Georges.
J'en ai déjà des cheveux blancs.

Qu'allons-nous devenir ?

MAIS ALORS…

Un matin, Georges et Bella se levèrent
et découvrirent que Zagazou s'était transformé
en jeune homme aux manières impeccables.

– Assieds-toi,
je t’en prie,
Maman, dit-il.

J’ai préparé
votre petit déjeuner.

Et si vous avez quelque chose
à me faire faire, surtout, dites-le-moi.

Zagazou devint rapidement ami
avec une jeune fille appelée Mirabelle.

Ils s'aperçurent qu'ils aimaient
tous les deux réparer les motos…

s'initier à l'art floral…

et déguster de la salade de fruits.

Ils réalisèrent très vite
qu'ils voulaient passer
le reste de leur vie
ensemble.

Mais, lorsqu'ils voulurent aller l'annoncer à Georges et à Bella, ils découvrirent que ceux-ci s'étaient transformés en deux grands pélicans bruns.

Il était évident que la nouvelle leur faisait très plaisir par la façon dont ils claquèrent du bec.

Comme c'est étonnant, la vie !

L'auteur-illustrateur

Né en 1932 en Angleterre, **Quentin Blake** publie son premier dessin dans le vénérable magazine satirique anglais *Punch* à l'âge de 16 ans ! Il fait des études de littérature à l'université de Cambridge. En 1960, il publie son premier livre pour enfants, en tandem avec John Yeoman. Suivront d'innombrables titres, dont le principal éditeur en France est Gallimard. Sa collaboration avec Roald Dahl commence en 1978, année de la publication de *L'Énorme Crocodile.* Ensemble, ils donneront vie à d'illustres personnages comme *Matilda*, *Les Deux Gredins*, *Le Bon Gros Géant*... Quentin Blake écrit et dessine également ses propres histoires : *Armeline Fourchedrue*, *Les Cacatoès*, *Clown*, *C'est génial !*, *Le Bateau vert*, *Mimi Artichaut*, *Zagazou* sont aussi devenus des classiques de la littérature enfantine, récompensés par de nombreux prix. Figure emblématique de l'illustration en Grande-Bretagne, en France et dans le monde entier, ancien directeur du prestigieux Royal College of Art, admiré par des générations d'illustrateurs, décoré par la reine d'Angleterre, il est devenu, en 1999, le premier Ambassadeur du livre pour enfants (*Children's laureate*), une fonction soutenue par le gouvernement britannique et destinée à promouvoir le livre de jeunesse. Quentin Blake partage sa vie entre Londres et sa maison de l'ouest de la France. Honoré du grade d'officier des Arts et Lettres, il a également reçu le prix Andersen, « prix Nobel » du livre de jeunesse.
http://www.quentinblake.com/

Dans la même collection

n° 1 *Le vilain gredin*
par Jeanne Willis
et Tony Ross

n° 2 *La sorcière Camembert*
par Patrice Leo

n° 3 *L'oiseau qui ne savait pas chanter*
par Satoshi Kitamura

n° 4 *La première fois que je suis née*
par Vincent Cuvellier
et Charles Dutertre

n° 5 *Je veux ma maman !*
par Tony Ross

n° 6 *Petit Fantôme*
par Ramona Bădescu
et Chiaki Miyamoto

n° 7 *Petit dragon*
par Christoph Niemann

n° 8 *Une faim de crocodile*
par Pittau et Gervais

n° 10 *La poule verte*
par Antonin Poirée
et David Drutinus

n° 11 *Quel vilain rhino !*
par Jeanne Willis
et Tony Ross

n° 12 *Peau noire*
peau blanche
par Yves Bichet
et Mireille Vautier

n° 19 *La belle lisse poire*
du prince de Motordu
par Pef

n° 23 *Motordu papa*
par Pef

n° 31 *Le grand secret*
par Vincent Cuvellier
et Robin

n° 33 *L'extraordinaire*
chapeau d'Émilie
par Satoshi Kitamura

n° 34 *Capitaine Petit Cochon*
par Martin Waddell
et Susan Varley

n° 35 *L'ami vert cerf*
du prince de Motordu
par Pef

n° 36 *Le petit monde de Miki*
par Dominique Vochelle
et Chiaki Miyamoto

n° 37 *Je ne veux pas*
changer de maison !
par Tony Ross

n° 41 *Le rat bleu* par
Jean-Maurice de Montremy
et Emmanuel Pierre

n° 42 *Je veux un ami !*
par Tony Ross

n° 43 *Motordu, Sang-de-Grillon et autres contes*
par Pef

n° 44 *Le chat et le diable*
par James Joyce
et Roger Blachon